Tucholsky Wagner Zola Scott Sydow Freud Schlegel
Turgenev Wallace Fonatne
Twain Walther von der Vogelweide Fouqué Friedrich II. von Preußen
Weber Freiligrath Frey
Fechner Fichte Weiße Rose von Fallersleben Kant Ernst Frommel
Richthofen
Hölderlin
Engels Fielding Eichendorff Tacitus Dumas
Fehrs Faber Flaubert
Eliasberg Ebner Eschenbach
Feuerbach Maximilian I. von Habsburg Fock Zweig
Ewald Eliot Vergil
Goethe Elisabeth von Österreich London
Mendelssohn Balzac Shakespeare
Lichtenberg Rathenau Dostojewski Ganghofer
Trackl Stevenson Doyle Gjellerup
Mommsen Tolstoi Hambruch
Thoma Lenz Droste-Hülshoff
von Arnim Hanrieder
Dach Verne Hägele Hauff Humboldt
Reuter
Karrillon Rousseau Hagen Hauptmann
Garschin Gautier
Damaschke Defoe Hebbel Baudelaire
Descartes
Wolfram von Eschenbach Schopenhauer Hegel Kussmaul Herder
Darwin Dickens Rilke George
Bronner Melville Grimm Jerome
Campe Horváth Aristoteles Bebel Proust
Bismarck Vigny Barlach Voltaire Federer Herodot
Gengenbach Heine
Storm Casanova Tersteegen Gilm Grillparzer Georgy
Chamberlain Lessing Langbein Gryphius
Brentano Lafontaine
Strachwitz Claudius Schiller Kralik Iffland Sokrates
Katharina II. von Rußland Bellamy Schilling
Gerstäcker Raabe Gibbon Tschechow
Löns Hesse Hoffmann Gogol Wilde Vulpius
Luther Heym Hofmannsthal Gleim
Roth Klee Hölty Morgenstern Goedicke
Luxemburg Heyse Klopstock Kleist
La Roche Puschkin Homer Mörike
Machiavelli Horaz Musil
Navarra Aurel Musset Kierkegaard Kraft Kraus
Nestroy Lamprecht Kind Moltke
Marie de France Kirchhoff Hugo
Laotse Ipsen Liebknecht
Nietzsche Nansen
Marx Lassalle Gorki Ringelnatz
von Ossietzky Klett
May Leibniz
vom Stein Lawrence Irving
Petalozzi Knigge
Platon Kafka
Sachs Pückler Michelangelo Kock
Poe Liebermann Korolenko
de Sade Praetorius Mistral Zetkin

Der Verlag tredition aus Hamburg veröffentlicht in der Reihe **TREDITION CLASSICS** Werke aus mehr als zwei Jahrtausenden. Diese waren zu einem Großteil vergriffen oder nur noch antiquarisch erhältlich.

Symbolfigur für **TREDITION CLASSICS** ist Johannes Gutenberg (1400 — 1468), der Erfinder des Buchdrucks mit Metalllettern und der Druckerpresse.

Mit der Buchreihe **TREDITION CLASSICS** verfolgt tredition das Ziel, tausende Klassiker der Weltliteratur verschiedener Sprachen wieder als gedruckte Bücher aufzulegen – und das weltweit!

Die Buchreihe dient zur Bewahrung der Literatur und Förderung der Kultur. Sie trägt so dazu bei, dass viele tausend Werke nicht in Vergessenheit geraten.

Aus Indiens Glut

Rudyard Kipling

Impressum

Autor: Rudyard Kipling
Übersetzung: Max Pannwitz
Umschlagkonzept: toepferschumann, Berlin

Verlag: tredition GmbH, Hamburg
ISBN: 978-3-8472-3787-7
Printed in Germany

Rudyard Kipling

Aus Indiens Glut

Deutsch

von

Max Pannwitz.

Mit Illustrationen von Fritz Bergen.

Sechste Auflage.

Stuttgart.

Franckh'sche Verlagshandlung.

W. Keller & Co.

Über die Grenze.

Für die Liebe giebt es keine Kaste
und für den Schlaf kein zerbrochenes
Bett. Ich ging aus, die Liebe zu
suchen, und verlor mich selbst.

Indisches Sprichwort.

Unter allen Umständen sollte jeder, was ihm auch begegne, zu seiner Kaste, Rasse und Art halten. Der Weiße halte sich zum Weißen und der Schwarze zum Schwarzen! Giebt's dann auch auf die eine oder andere Weise einen Anstoß, so verläuft doch alles innerhalb des Gewohnten; nichts Jähes, Unerhörtes, Ungedachtes stört unsere Kreise.

Hört die Geschichte eines Mannes, der eigenwillig die sicheren Grenzen und Wege der Alltagsgesellschaft überschritt und schwer dafür büßte.

Zum ersten wußte er zu viel, und dann sah er zu viel. Zu tief ging sein Interesse für das Leben der indischen Eingeborenen, aber nun ist er geheilt.

Ganz im Herzen der Stadt liegt Amir Nath's Gasse, die von einer nur durch ein einziges vergittertes Fenster durchbrochenen Mauer abgeschlossen wird. Am Anfang der Gasse steht ein großes Kuhhaus und weiterhin sind auf beiden Seiten die Mauern ohne Fenster. Weder Suchet Singh noch Gaur Chand, die Hausbesitzer rechts und links, halten es für gut, wenn ihre Frauen und Töchter in die Welt hineinblicken. Wäre Durga Charan derselben Meinung gewesen, er wäre heute ein zufriedener Mann, und die kleine Bisesa könnte sich ihr eigenes Brot kneten. Ihr Zimmer schaute durch das vergitterte Fenster in die enge dunkle Gasse hinaus, in die niemals die Sonne schien und wo sich die Kühe im bläulichen Kote wälzten. Sie war eine Witwe im Alter von etwa fünfzehn Jahren, und Tag und Nacht betete sie zu den Göttern, sie möchten ihr einen Geliebten senden, denn das einsame Dasein gefiel ihr nicht.

Eines Tages kam ein Mann – Trejago war sein Name – auf einer planlosen Wanderung in Amir Nath's Gasse, ging bei den Kühen vorbei und stolperte unversehens über einen großen Haufen Viehfutter.

Dann bemerkte er, daß er sich in einer Sackgasse befand, und hörte hinter dem Gitterfenster ein leises Lachen ertönen. Dieses Lachen klang so einladend, daß Trejago zum Fenster trat und, da er wußte, daß die alten Gesänge aus »Tausend und eine Nacht« in solchen Fällen die besten Führer zum Ziele sind, in flüsterndem Tone jenen Vers aus »Har Dyals Liebessang« sprach, der anhebt:

Vermag ein Mann aufrecht zu stehen
im Angesicht der wolkenlosen Sonne oder
ein Verliebter vor dem Antlitz seiner Geliebten?

Wenn meine Füße straucheln, o Herz
meines Herzens, kannst du mich tadeln,
daß mich der Strahlenglanz deiner Schönheit
blendet?

Hierauf ließ sich hinter dem Gitter ein schwaches Tschink von den Armbändern einer Frau hören, und eine leise Stimme setzte den Sang mit dem fünften Verse fort:

Ach, ach! Kann der Mond zur Lotosblume
von seiner Liebe reden, wenn
des Himmels Thor verschlossen ist und
die Wolken sich sammeln zum Regenschauer?
Meine Geliebte haben sie von mir genommen
und mit den Lasttieren weggetrieben
nach Norden.
Eisenketten beschweren die Füße, die auf
meinem Herzen ruhten.
Ruf auf die Bogenschützen, daß sie sich
rüsten...

Plötzlich brach die Stimme ab, worauf Trejago langsam Amir Nath's Gasse verließ, indem er sich fragte, wer in aller Welt Har

Dyals Liebeslied so hübsch im Wechselgesange fortsetzen konnte. Als er am nächsten Morgen zu seinem Amte fuhr, warf ihm ein altes Weib in seinen Wagen ein Paket. Darin befand sich die Hälfte eines zerbrochenen Ohrrings, eine blutrote Dhakblume, ein wenig *bhusa*, d. h. Viehfutter, und elf Kardamomkerne. Das Ganze war offenbar ein Brief, kein grobes, kompromittierendes Schreibwerk, sondern eine unschuldige, nichts verratende Liebesepistel.

Trejago verstand, wie gesagt, viel zu viel von diesen Dingen. Eigentlich ist kein Engländer im stande, Sinnbildbriefe zu übersetzen. Aber als Trejago in seinem Amtszimmer den ganzen Inhalt des Pakets vor sich ausgebreitet hatte, gelang es ihm nach und nach, das Rätsel zu lösen.

Ein zerbrochenes Ohrgehänge bedeutet überall in Indien eine Witwe, weil beim Tode des Gatten die Armbänder der Frau an ihrem Handgelenk zerbrochen werden. Trejago verstand also, was das kleine Stück Glas besagen wollte. Die Dhakblume ist je nach den andern Beithaten verschieden zu deuten, entweder als »wünschen« oder »kommen«, »schreiben« oder »Gefahr«. Ein Kardamom bedeutet Eifersucht; findet sich aber irgend ein Gegenstand mehrfach in einem solchen symbolischen Briefe, so verliert er seine sinnbildliche Bedeutung und giebt nur eine Zahl zur Bezeichnung der Zeit oder, wenn Weihrauch, Lab oder Saffran beiliegt, des Ortes an. Die Botschaft lautete daher: Eine Witwe – Dhakblume und *bhusa*, – um elf Uhr. Das Stückchen *bhusa*, brachte Trejago auf die Spur. Er begriff – diese Art von Briefen überläßt viel instinktiver Erkenntnis –, daß die *bhusa*, sich auf den Haufen Viehfutter bezog, über den er in Amir Nath's Gasse gefallen war, und daß die Botschaft von der Person hinter dem Gitter ausging, die er sich also als Witwe zu denken hatte. Demnach lautete die Botschaft vollständig: Eine Witwe von der Gasse, wo der Haufe Viehfutter liegt, wünscht, daß du um 11 Uhr kommst.

Trejago warf das ganze Zeug beiseite und lachte. Er wußte, daß man im Orient nicht um elf Uhr vormittags unter den Fenstern der Geliebten zu hofieren pflegt, und daß Frauen dort nicht »auf weite Sicht« zum Stelldichein einladen. So ging er am selben Abend um elf Uhr, in eine *burka*[1] gekleidet, die einem Manne so gut wie einer Frau zur Umhüllung dienen kann, in Amir Nath's Gasse. Kaum verkündeten die Gongs der Stadt die bestimmte Stunde, so hob die leise Stimme hinter dem Gitter Hal Dyals Liebessang an bei dem Verse, in dem Har Dyals Geliebte seine Rückkehr ersehnt. Das Lied ist in der Ursprache wirklich ergreifend; bei der Übertragung geht das Klagende verloren. Es lautet etwa folgendermaßen:

Vom Söller send' ich einsam meinen Blick,
Nach Norden spähend, schau' des Blitzes Strahl,
Nur Abglanz deiner Spur und Siegesmal.
Ich sterb', Geliebter, kommst du nicht zurück!

Still liegt zu meinen Füßen der Bazar;
Dort ruht der Reitkamele müde Schar,
Dort Kriegsgefang'ne, jammernd um ihr Glück.
Ich sterb', Geliebter, kommst du nicht zurück!

Rauh ist des Vaters Weib; ich kann's nicht wehren.
O komm', Geliebter, eh' das Herz mir bricht!
Mein Brot ist Kummer, und mein Trank sind Zähren.
Ich sterbe bald; Geliebter, kommst du nicht?

Als das Lied zu Ende war, trat Trejago unter das Gitter und flüsterte: Ich bin da.

Bisesa war schön anzuschauen.

*

Mit dieser Nacht begann ein seltsames und so außerordentliches Doppelleben, daß Trejago sich heute manchmal erstaunt fragt, ob nicht alles nur ein Traum war. Von Bisesa oder ihrer alten vertrauten Dienerin, die ihm den Sinnbildbrief in den Wagen geworfen hatte, war das schwere Gitter vom Mauerwerk gelöst worden, so daß das Fenster nach innen niederging und nur eine quadratische Öffnung blieb, durch die ein behender Mann wohl schlüpfen konnte.

---

[1] Ein weiter Überwurf, wie ihn die Inder tragen.

Tagsüber verrichtete Trejago mechanisch seine gewohnte Amts-
thätigkeit, oder er warf sich in Salonkleidung und machte den Damen der Station seine Aufwartung, wobei er den Gedanken nicht
unterdrücken konnte, wie lange sie ihn wohl noch kennen würden,
wenn sie von der armen kleinen Bisesa wüßten. Nachts, wenn Stille
über die ganze Stadt gebreitet war, hüllte er sich in die *burka* und
wanderte durch die Straßen. Dann bog er plötzlich von einer Straße
in Amir Nath's Gasse ein, schlich dahin zwischen den schlafenden
Kühen und den blinden Mauern, und nun war er bei Bisesa und
hörte die tiefen, gleichmäßigen Atemzüge der alten Frauen vor der
Thür des kahlen kleinen Zimmers, das Durga Charan seiner
Schwestertochter zugewiesen hatte. Wer oder was Durga Charan
war, danach fragte Trejago nie; und warum er niemals entdeckt und
erdolcht wurde, blieb ihm verborgen, bis seine Liebestollheit vo-
rüber war und Bisesa ... Doch wir werden ja sehen.

Bisesa war für Trejago die Quelle nimmer versiegenden Entzü-
ckens. Sorglos und leicht, von Wissen unbeschwert wie ein Vögel-
chen, hatte sie in ihrem streng abgeschiedenen Zimmer die verkehr-
testen Vorstellungen von der Außenwelt, und ihre unglaublich
naiven Äußerungen ergötzten Trejago nicht minder wie ihre Versu-
che, mit zärtlicher Stimme seinen Namen »Christoph« auszuspre-
chen. Außer stande, auch nur die erste Silbe zu bemeistern, machte
sie mit ihren rosigen Händchen lächerliche Bewegungen, als wollten sie helfen, den Namen herauszubringen, und dann kniete sie
vor Trejago nieder und fragte ihn, ganz wie es auch eine Europäerin
thun würde, ob er sie wirklich und wahrhaftig liebe. Er schwor, er
liebe sie mehr als irgend ein Weib auf Erden. Und er sprach die
Wahrheit.

Als dieser Liebesrausch einen Monat gewährt hatte, veranlaßten
Trejago die Ansprüche seines Tageslebens, einer Dame seiner Bekanntschaft den Hof zu machen. Es ist eine einfache Thatsache, daß
etwas derartiges in den indischen Städten nicht nur von den Ras-
sengenossen des Mannes beachtet und besprochen, sondern auch in
weiten Kreisen der Einheimischen mit Interesse verfolgt wird.
Trejago hatte seine Umworbene zu begleiten und am Musikstand
vor aller Augen sich mit ihr zu unterhalten, auch hin und wieder
mit ihr auszufahren. Aber nie kam es ihm in den Sinn, daß dadurch
sein ihm viel werteres Sonderleben berührt werden könnte. Doch

die Neuigkeit flog, wer kann sagen wie, von Mund zu Mund, bis Bisesas treue Alte davon hörte und es ihr erzählte. Die Aufregung der Armen war so groß, daß sie ihre gewöhnlichen Haushaltungsgeschäfte versäumte und dafür von Durga Charans Weib Schläge erhielt.

Trejagos Werben dauerte noch keine Woche, so machte ihm Bisesa wegen seiner Untreue Vorwürfe. Sie wußte nichts von Verstellung und sprach gerade heraus. Trejago lachte, und Bisesa stampfte mit ihren Füßchen – Füßchen, hell wie Ringelblumen, und so zierlich, daß ein Mann sie auf *einer* Hand halten konnte.

Was man von orientalischer ungestümer Leidenschaftlichkeit erzählt hat, ist vielfach übertrieben und urteilslos aus trüber Quelle geschöpft, aber etwas ist doch daran, und stößt ein Europäer auf dieses Etwas, so wirkt es nicht weniger erschütternd als starke Leidenschaft in unserm europäischen Leben. In höchster Erregung drohte Bisesa, als der erste Sturm der Wut ausgetobt hatte, sie werde sich das Leben nehmen, wenn Trejago nicht augenblicklich die fremde *memsahib*,[2] die zwischen sie getreten sei, aufgebe. Trejago wollte erklären und ihr zeigen, sie verstehe von diesen Dingen nach europäischen Begriffen nichts. Bisesa richtete sich auf und sagte nur:

Nein, ich weiß nichts davon. Aber das eine weiß ich: es ist nicht gut, daß ich dich, *sahib*, mir teurer werden ließ als mein eigenes Herz. Du bist ein Europäer. Ich bin nur ein schwarzes Mädchen – sie war lichter als geprägtes Gold – und die Witwe eines schwarzen Mannes.

Dann fuhr sie schluchzend fort: Aber, bei meiner Seele und bei meiner Mutter Seele, ich liebe dich. Dir soll kein Leid geschehen, was mir auch widerfahren mag.

Trejago suchte sie mit allen erdenkbaren Vernunftgründen zu beruhigen, aber ihre Aufregung wollte nicht weichen. Nur eins verlangte sie immer wieder: es müßten fortan alle Beziehungen zwischen ihnen aufhören, und er sollte sie sofort verlassen. Und er ging. Als er sich aus der Fensteröffnung niederließ, küßte sie ihn

---

[2] Memsahib Herrin, sahib Herr.

noch zweimal auf die Stirn, und er wanderte, in Sinnen verloren, heim.

Eine Woche und drei weitere Wochen vergingen ohne ein Zeichen von Bisesa. Trejago meinte, der Bruch hätte gerade lange genug gedauert, und ging, zum fünften Male in den drei Wochen, in Amir Nath's Gasse, in der Hoffnung, er werde nicht vergebens an das Eisengitter klopfen. Seine Hoffnung wurde erfüllt.

Es war gerade Vollmond, und ein Strom von Licht ergoß sich in die Gasse und auf das Gitter, das bei seinem Klopfen weggezogen wurde. Aus dem tiefen Dunkel streckte Bisesa ihre Arme in das Mondlicht aus: Beide Hände waren an den Gelenken abgeschnitten, und die Stümpfe noch nicht verheilt.

Und wahrend Bisesa schluchzend ihr süßes Antlitz zwischen die Arme neigte, stieß jemand im Zimmer ein Grunzen aus wie ein wildes Tier, und etwas Scharfes – Messer, Schwert oder Speer – fuhr gegen den in die *burka* gehüllten Trejago. Der Streich fehlte seine Brust, durchschnitt aber eine Muskel in der Hüfte, eine Wunde, von der ihm sein Leben lang ein leichtes Hinken blieb.

Das Gitter wurde wieder an seinen Platz gefügt, und kein äußeres Zeichen gab mehr Kunde von dem, was innerhalb des Hauses lebte, nichts war mehr sichtbar als der Mondlichtstreifen an der hohen Mauer und daneben die Finsternis der engen Gasse.

Das Nächste, woran sich Trejago, der wie toll zwischen den erbarmungslosen Mauern raste und schrie, erinnert, ist, daß er sich bei Anbruch der Dämmerung nahe beim Fluß befand, seine *burka* von sich warf und barhäuptig heimging.

Wie und warum das Schreckliche geschah – ob Bisesa in sinnloser Verzweiflung selbst alles enthüllt hatte, oder ob man hinter das Geheimnis gekommen war und sie gemartet hatte, bis sie es bekannte; ob Durga Charan seinen Namen erfahren hatte, und was aus Bisesa geworden ist – davon weiß Trejago noch heute nichts. Der Gedanke an das Gräßliche, Unbekannte, das sich ereignet hat, kommt ihm manchmal in der Nacht und läßt ihn schlaflos bis zum Morgen. Besonders merkwürdig erscheint, daß er gar nicht weiß, wo die Vorderseite von Durga Charans Hause ist. Vielleicht führt es in einen mehreren Häusern gemeinsamen Vorhof, vielleicht liegt es auch hinter einem der Thore in der Straße, von der Amir Nath's Gasse abgeht, Trejago kann's nicht sagen. Er kann Bisesa – die arme kleine Bisesa – nicht wieder finden. Sie ist für ihn verloren im Labyrinth der Stadt, wo jedermanns Haus so bewahrt und unauffindbar ist wie das Grab; und dazu ist die Gitteröffnung in der Sackgasse zugemauert.

Trejago aber ist ein gern gesehenes Mitglied der englischen Gesellschaft in der Stadt und gilt als sehr anständiger Mann. Es ist nichts Besonderes an ihm zu bemerken außer einer leichten Steifheit im rechten Bein als Folge einer Überanstrengung beim Reiten.

Die Botschaft vom Jenseits.

Und stirbst du heut', mein Lieb, und solltest ir-
ren
Ein Geist vor meiner Thür,
Wird Fleischesfurcht nicht ew'ge Lieb' verwir-
ren;
Ich lieb' dich mehr dafür,
Daß du vom Schattenreich mir kehrst zurück,
Dem Wunden Herzen bringend kurzes
Glück.

Die Wohnungen der Schatten.

Eine Erklärung für die folgende Geschichte mag geben, wer Wesen und Ursprung der Seele genau kennt und weiß, wo die Grenzen
des Möglichen liegen. Ich habe lange genug in Indien gelebt, um zu
wissen, daß man am besten nichts weiß, und kann nur die Bege-
benheit berichten, wie sie sich zugetragen hat.

Dumoise war in Meridki unser Civilarzt, und wir nannten ihn
»Dormouse«,[3] weil er ein kleiner, runder, schläfriger Mann war.
Als Arzt war er tüchtig, dabei sehr friedfertig und kam mit jedem
aus, selbst mit dem Stellvertreter unseres Präsidenten, der die Ma-
nieren eines Bootsknechts und so viel Taktgefühl hatte wie etwa ein
Pferd. Er heiratete ein Mädchen, das ebenso rund und schläfrig
aussah wie er selbst. Sie war ein Fräulein Hillardyce, Tochter des
»grünen« Hillardyce von Berars, der die Tochter seines Vorgesetz-
ten »aus Versehen« heiratete. Doch davon erzähle ich ein andermal.

In Indien dauert der Honigmonat selten länger als eine Woche;
aber nichts hindert andrerseits ein Paar, ihn auf zwei oder drei Jahre
auszudehnen. Für Verheiratete, die ineinander verliebt sind, bietet
dies Land die beste Gelegenheit; sie können völlig einsam und un-
gestört leben – wie es eben die »Dormäuse« thaten. Die beiden kleinen Personen zogen sich nach der Hochzeit von der Welt zurück
und führten ein äußerst glückliches Dasein. Natürlich mußten sie

---

[3] Schlafmaus.

von Zeit zu Zeit einen Gesellschaftsabend veranstalten, aber es knüpften sich dadurch keine engeren Beziehungen mit andern Familien an. Die Station setzte ihr gewohntes Leben fort und vergaß die freiwillig Einsamen; nur gelegentlich konnte man die Bemerkung hören, Dormaus sei der beste Bursche von der Welt, wenn auch sonst nicht viel mit ihm anzufangen sei. Ein friedfertiger Civilarzt ist in Indien eine Seltenheit und als solche hochgeschätzt.

Doch nirgends kann man auf die Dauer Robinson Crusoe spielen, und in Indien, wo die Zahl der Engländer verhältnismäßig so gering und in Notfällen einer auf den guten Willen des andern ganz besonders angewiesen ist, rächt sich der Versuch bald. Dumoise that unrecht, sich ein Jahr lang von der Welt abzuschließen, und er erkannte seinen Fehler, als mitten in der kalten Jahreszeit eine Typhusseuche in der Station ausbrach und seine Frau sich niederlegen mußte. Der kleine Mann war auffallend schüchtern und unbeholfen, so vergingen fünf Tage, ehe ihm klar wurde, daß es sich bei seiner Frau nicht um ein einfaches Fieber handle, und drei weitere Tage, bis er sich das Herz faßte, zu Frau Schute, der Frau des Ingenieurs, von seiner Notlage zu sprechen. Nun weiß man in Indien allgemein, daß die ärztliche Kunst bei Typhus so gut wie ohnmächtig ist. Zwischen den Pflegerinnen und dem Tode muß der Kampf Minute für Minute und Schritt für Schritt ausgefochten werden. Frau Schute war nahe daran, sich an Dumoise wegen seiner »sträflichen Verzögerung«, wie sie sagte, thätlich zu vergreifen, und eilte sofort zu der armen Kranken.

Wir hatten in jenem Winter in der Station sieben Fälle von Typhus, und da die Sterblichkeit etwa zwanzig vom Hundert oder eins von fünf beträgt, so waren wir auf einen Todesfall gefaßt. Aber jeder that für sein Teil sein möglichstes; die Frauen pflegten die kranken Frauen, die Männer saßen am Krankenbett der Junggesellen. So dauerte das heiße Ringen mit dem tückischen Feinde 56 Tage hindurch, und es gelang uns, die Patienten im Triumph durch das Thal der Schatten zu bringen. Aber gerade, als wir dachten, es wäre alles überstanden, und zur Feier des Sieges einen Ball geben wollten, erlitt die kleine Frau Dumoise einen Rückfall und starb innerhalb einer Woche, die Station aber ging statt zum Ball zum Leichenbegängnis. Dumoise brach am Rande des Grabes zusammen und mußte weggetragen werden.

Nach dem Tode seiner Frau verkroch sich der Arzt in seinem Hause und wies jeden Versuch des Trostes zurück. Seinen ärztlichen Pflichten kam er auf das gewissenhafteste nach, aber wir waren sämtlich der Meinung, er sollte einen Urlaub nehmen, und seine Kollegen gaben ihm den gleichen Rat. Dumoise dankte verbindlichst für den Vorschlag – er war für alles dankbar, was man mit ihm machte – und unternahm eine Fußwanderung nach Chini. Chini liegt etwa zwanzig Tagemärsche von Simla im Herzen der Hügellandschaft, und der Aufenthalt in jener Gegend muß einem verwundeten Herzen wohlthun. Man kommt durch mächtige Deodarwälder,[4] wandert an gewaltigen einsamen Felsenhängen hin und über ungeheure schweigende Grasdünen, schwellend wie eines Weibes Brust; und der Wind, der durch das Gras säuselt, und der Regen, der durch die Zedernzweige tropft, beide singen dem Wanderer ein leises, einschläferndes Lied von Schweigen und Vergessen. So wurde denn der kleine Dumoise mit seinem photographischen Apparat und seiner Flinte nach Chini geschickt, um dort für seinen Kummer Linderung zu finden. Er nahm auch überflüssigerweise einen Träger mit, weil dieser der Lieblingsdiener seiner Frau gewesen war. Er war faul und diebisch, aber Dumoise vertraute ihm blindlings.

Auf seinem Rückweg von Chini wandte sich Dumoise nach Bagi zu und kam dabei durch den von der Regierung geschützten Urwald auf einem Ausläufer des Hottu-Gebirges. Leute, die viel gereist sind, behaupten, daß der Weg von Kotgarh nach Bagi nirgends auf der Erde seinesgleichen finde. Er führt durch düstere feuchte Wälder und endet plötzlich in einer offenen, waldlosen, hügeligen, mit schwarzen Felsgruppen umsäumten Ebene. Das Stationshaus in Bagi liegt gänzlich ungeschützt vor Nord- und Ostwinden und ist bekannt durch seine niedrige Temperatur. Es wird daher wenig besucht, und das mag der Grund sein, weshalb Dumoise dorthin ging. Er machte bei dem Hause um sieben Uhr abends Halt und schickte seinen Träger den Berg hinunter nach der Ortschaft, um Kulis für den nächsten Tagemarsch anzuwerben. Die Sonne war untergegangen, und schon strich der Nachtwind leise wie wehkla-

---

[4] Deodar, eig. Götterholz, eine kostbare immer seltener werdende indische Zedernart.

gend durch die Felsen. Dumoise lehnte sich an die Verandabrüstung und wartete auf seinen Träger. Dieser kam zurück, kaum daß er fortgegangen war, und in einer Hast, daß Dumoise dachte, er müßte auf einen Bären gestoßen sein.

So schnell er nur vermochte, kam er den Berg heraufgerannt. Aber ein Bär, der ihn erschreckt haben konnte, war nicht zu erblicken. Der Mensch stürzte auf die Veranda zu und brach zusammen, während ihm das Blut aus der Nase schoß und in seinem aschfahlen Gesicht entsetzlicher Schrecken sich ausprägte. Dann kam es mühsam aus seiner Kehle: Ich habe die *memsahib* gesehen! Ich habe die *memsahib* gesehen!

Wo? sagte Dumoise.

Da unten, wie ich zum Dorfe ging. Sie trug einen blauen Anzug und hob den Schleier und sagte: Ram Das, sage dem *sahib* meine Grüße und melde ihm, ich würde ihn nächsten Monat in Nuddea sehen. Dann lief ich fort, denn ich fürchtete mich.

Was Dumoise sagte oder that, weiß ich nicht. Ram Das erzählt, er habe nichts gesagt, sondern sei die ganze kalte Nacht hindurch auf der Veranda auf und nieder gegangen, um auf die *memsahib* zu warten, und habe seine Arme in das Dunkel hinausgestreckt wie ein Wahnsinniger. Aber keine *memsahib* kam, und am nächsten Tage ging er weiter nach Simla und richtete jede Stunde von neuem Fragen über die Begegnung an den Führer.

Ram Das konnte nur immer wiederholen, er habe Frau Dumoise gesehen, und sie habe ihren Schleier aufgehoben und ihm die Botschaft aufgetragen, die er getreulich ausgerichtet habe. Bei dieser Aussage beharrte Ram Das. Er wüßte nicht, wo Nuddea liege, hatte keinen Bekannten in Nuddea und würde sicher nie nach Nuddea gehen, und wenn man ihm doppelten Lohn gäbe.

Nuddea liegt in Bengalen und steht außer allem Zusammenhang mit einem im Pendschab angestellten Arzte. Es ist sicher mehr als 1200 Meilen von Meridki entfernt.

Dumoise kehrte ohne jeden Aufenthalt über Simla nach Meridki zurück, wo er seinen Vertreter wieder ablöste. Es gab einige Hospitalrechnungen zu erklären und neuere Anweisungen des Generalarztes zur Kenntnis zu nehmen, so beanspruchte die erneute Übernahme des Amtes den ganzen ersten Tag. Am Abend erzählte Dumoise seinem Vertreter, einem alten Freunde aus der Junggesellenzeit, was ihm in Bagi begegnet sei, und der andre sagte, Ram Das hätte ebensogut Tutieorin wählen können, in dessen Nähe er einmal gewesen sei.

In diesem Augenblick kam ein Telegraphenbote herein mit einer Depesche aus Simla, durch die Dumoise angewiesen wurde, sofort zu einem Spezialdienst nach Nuddea zu gehen. Es war nämlich in Nuddea in heftiger Weise die Cholera aufgetreten, und da die bengalische Regierung wie gewöhnlich Mangel an Ärzten hatte, ersuchte sie um Aushilfe vom Pendschab.

Dumoise reichte das Telegramm über den Tisch und sagte: Nun?

Sein Freund fand kein Wort zur Erwiderung und schwieg. Dann fiel ihm ein, daß Dumoise auf seinem Wege von Bagi durch Simla gekommen sei, und so vielleicht zuvor dort die Berufung veranlaßt habe.

Er wollte danach fragen und seiner Vermutung Worte leihen, als Dumoise ihn mit der Bemerkung zum Schweigen brachte: Hätte ich *das* gewünscht, so wäre ich niemals von Chini zurückgekommen.

Ich habe dort ein Gewehr geführt. Ich will aber noch leben, denn ich habe noch verschiedenes zu thun ... doch es ist mir nicht leid darum.

Der andre neigte sein Haupt und half im Zwielicht Dumoises soeben geöffnete Koffer wieder einzupacken, als Ram Das mit den Lampen hereintrat.

Wohin geht der *sahib?* fragte der Diener.

Nach Nuddea, antwortete Dumoise mit leiser Stimme.

Ram Das umfaßte Dumoises Kniee und Füße und flehte ihn an, nicht zu gehen; er weinte und wehklagte so lange, bis er aus dem Zimmer gewiesen wurde. Dann suchte er seine Habseligkeiten zusammen und kam noch einmal herein mit der Bitte um seine Entlassung. Er wolle nicht nach Nuddea gehen, um seinen *sahib* sterben zu sehen und vielleicht selbst seinen Tod zu finden.

So entlohnte Dumoise den Diener und ging allein nach Nuddea; sein Freund sagte ihm wie einem, der zum Tode verurteilt ist, Lebewohl.

Nach elf Tagen war Dumoise mit seiner *memsahib* wieder vereint, und die bengalische Regierung mußte um eine neue Aushilfe zur Bekämpfung der Cholera in Nuddea ersuchen, die erste lag tot im Stationshaus zu Tschuadanga.

Das Thor der hundert Sorgen.

Wenn ich für eine *pice*[5] den Himmel gewinnen kann,
was willst du mir's mißgönnen?

Sprichwort eines Opiumrauchers.

Nicht von mir stammt das Folgende; mein Freund, Gabral Misquitta, ein Halbblutinder, hat es sechs Wochen vor seinem Tode zwischen Monduntergang und Sonnenaufgang gesprochen, und seinem Munde entnahm ich es als Antwort auf meine Fragen.

Wo es ist? Zwischen der Kupferschmiedsgasse und dem Viertel der Pfeifenrohrmacher, nur hundert Schritte – einen Krähenflug weit – von der Moschee Wasir Khan. Das kann ich jedem ruhig sagen, und doch wett' ich, er findet das *Thor* nicht, und wenn er auch denkt, er kenne die Stadt wunder wie gut. Und gehst du hundertmal gerade durch die Gasse, in der es liegt, so wirst du darum nicht klüger. Bei uns hieß die Gasse Schwarzerauchgasse, der eigentliche Name ist natürlich ganz anders. Ein Esel bliebe mit seiner Last zwischen ihren Mauern stecken, und an einer Stelle, grade ehe du zum Thore kommst, müssen die Leute, weil eine Hauswand sich nach vorn ausbiegt, sich alle mit der Seite vorwärts schieben.

's ist auch gar kein Thor, 's ist ein Haus. Zuerst hatte es vor fünf Jahren Fung-Tsching. Er war Schuhmacher in Calcutta. Sie sagen, er habe dort in der Trunkenheit sein Weib erschlagen. Drum ließ er vom Rum und hielt's lieber mit dem schwarzen Rauch. Nachher kam er hier nach Norden 'rauf und eröffnete das Thor als ein Haus, wo man in Ruhe und Frieden seinen Rauch haben kann. Vergiß nicht, es war eine *pukka*, ein anständiges Opiumhaus, und keine solche dunstige, stinkige Höhle, wie die *tschandukhanas*, die sich überall in der Stadt finden. Nein, nein; der Alte verstand sein Geschäft aus dem Grunde und war für einen Chinesen höchst sauber. Er war ein einäugiger kleiner Kerl, nicht viel über fünf Fuß hoch, und hatte beide Mittelfinger verloren. Ganz gleich, in meinem Leben habe ich keinen gesehen, der geschickter schwarze Pillen zu drehen wußte. Auch konnte ihm der Rauch nichts mehr anhaben,

---

[5] pice ist eine kleine indische Kupfermünze im Werte von etwa zwei Pfennig.

und was er Tag und Nacht, Nacht und Tag zu sich nahm, das nahm er nur aus Vorsicht. Ich bin fünf Jahre dabei, und ich kann's im Rauchen wohl mit jedem aufnehmen, aber gegen Fung-Tsching war ich darin nur ein Kind. Trotzdem war der Alte scharf, arg scharf hinter dem Gelde her, und in dem Punkte kann ich ihn nicht begreifen. Ich hörte, er hat ein gut Teil zusammengescharrt gehabt, ehe er gestorben ist, aber das hat nun alles sein Neffe, und der Alte ist nach China zurückgebracht, um da sein Grab zu finden.

Das große Oberzimmer, wo seine besten Kunden zusammenkamen, hielt er so sauber wie 'ne blanke Nadel. In einer Ecke stand Fung-Tschings Hausgötze, der fast ebenso häßlich war wie Fung-Tsching selber, und unter der Nase des Götzen brannte immer Räucherholz, aber man roch es gar nicht, wenn die Pfeifen ordentlich in Gang waren. Dem Götzen gegenüber stand Fung-Tschings Sarg. Auf den hatte er ein gut Stück von seinen Ersparnissen verwandt, und kam ein neuer Gast ins Haus, so wurde er immer zu dem Sarge geführt. Er war schwarz lackiert mit roten und goldenen Schriftzügen drauf, und sie sagen, Fung-Tsching hat ihn den ganzen Weg von China mit sich geführt. Ob das wahr ist oder nicht, weiß ich nicht, aber das weiß ich, wenn ich abends kam, breitete ich immer zuerst meine Matte grade zu Füßen des Sarges aus. Das war ein stiller Winkel, siehst du, und ab und zu kam auch von der Gasse so 'n bißchen Luft zum Fenster rein. Außer den Matten waren keine Möbel weiter im Zimmer – nur der Sarg und der alte Götze, der vor Alter und Glanz ganz grün und blau und purpurn aussah.

27

Fung-Tsching hat uns nie gesagt, warum er den Ort »Thor der hundert Sorgen« nannte. Wir haben das selber ausgefunden. Nichts setzt einem so zu, wenn man ein Weißer ist, wie der schwarze Rauch. Die Gelben sind aus anderm Holz geschnitzt. Das Opium thut ihnen kaum etwas, aber der Weiße und Schwarze müssen schwer dran glauben. Freilich, 's giebt Leute, die vertragen den Rauch nicht schlechter als wie den Tabak. Es schläfert sie 'n bißchen ein, und am nächsten Morgen können sie arbeiten fast wie sonst. Auch bei mir war's so, wie ich anfing, aber ich bin fünf Jahre lang ziemlich fest dabei geblieben, und nun ist's freilich ein andres Ding. Da war 'ne alte Tante von mir unten nach Agra zu, und die hat mir bei ihrem Tode was hinterlassen. So um sechzig Rupien im Monat hab' ich sicher. Sechzig ist nicht viel. Ich kann mich noch besinnen, 's ist mir freilich, als wär's viele hundert Jahre her, da hab' ich dreihundert den Monat und drüber verdient. Das war, wie ich noch den großen Holzkontrakt in Calcutta hatte.

Lange hab' ich's dabei nicht ausgehalten. Der schwarze Rauch läßt einen nicht noch groß andres arbeiten, und wenn er mir auch sehr wenig thut, so brächt' ich doch jetzt kein Tagewerk mehr fertig, mein Leben zu fristen. Am Ende, mehr wie sechzig Rupien brauch' ich nicht. Wie der alte Fung-Tsching noch lebte, hat er immer das Geld für mich gezogen; so die Hälfte etwa hat er mir zum Leben gegeben – ich esse sehr wenig –, und den Rest hat er für sich behalten. Dafür hatt' ich's frei im Thore zu jeder Zeit, Tag und Nacht, und konnte dort rauchen und schlafen, wenn ich nur wollte; so fragte ich nach nichts weiter. Ich weiß, der Alte machte seinen Schnitt dabei, aber was kümmert's mich? Mich kümmert eigentlich gar nichts mehr, und dann kommen ja jeden lieben Monat die sechzig von frischem.

Wir waren unser zehn im Thor, wie es zuerst eröffnet wurde. Ich und zwei Babus[6] von irgend einem Amte aus der Gegend von Anarkali, aber sie kamen auf den Hund und konnten nicht mehr bezahlen – keiner, der tagsüber arbeiten muß, kann's auf die Länge mit dem schwarzen Rauche halten. Dann war da ein Chinese, das war Fung-Tschings Neffe, weiter eine Händlerin, die irgendwie zu 'm Haufen Geld gekommen war, ein verbummelter Engländer,

---

[6] Hindus von einiger Bildung in Diensten der englischen Regierung.

irgend ein Mac ..., mein' ich, aber ich weiß es nicht mehr, der mächtig rauchte, aber niemals, glaub' ich, bezahlte. Sie sagen, er hat mal als Anwalt in Calcutta vor Gericht Fung-Tsching das Leben gerettet. Außer mir war auch noch ein andrer Eurasier[7] da, der aus Madras stammte, eine Halbblutinderin und noch ein paar Männer, die, wie sie sagten, von Norden kamen. Ich denke, das müssen Perser, Afghanen oder so was gewesen sein.

Nur fünf von uns sind noch am Leben. Was aus den Babus geworden ist, weiß ich nicht, aber die Händlerin ist nach sechs Monaten im Thor draufgegangen, und Fung-Tsching hat, glaub' ich, ihr Ohrgehänge und ihren Nasenring an sich genommen, aber ich weiß es nicht genau. Der Engländer machte beides, er trank und rauchte, und so war's bald aus mit ihm. Einen von den Persern haben sie vor langer Zeit bei einer nächtlichen Rauferei am Brunnen bei der Moschee umgebracht, und die Polizei hat den Brunnen gesperrt, weil sie sagten, das Wasser wäre verdorben. Sie haben ihn auf dem Grunde des Brunnens gefunden.

Siehst du, so ist weiter niemand übrig wie ich, der Chinese, die Halbblutinderin, die wir *memsahib* nennen – sie hielt's nämlich mit Fung-Tsching –, der andre Eurasier und einer von den Persern. Die *memsahib* sieht jetzt sehr alt aus; ich denke, sie war ein junges Weib, wie sie das Thor aufmachten. Was das betrifft, wir sind alle alt, Hunderte und Hunderte von Jahren alt. Es fällt einem verdammt schwer, im Thor die Zeit zu verfolgen, und dann, was kümmert mich die Zeit? Ich ziehe ja jeden Monat meine sechzig Rupien immer wieder von frischem.

Vor langer, langer Zeit, wie ich noch mit meinem großen Holzkontrakt in Calcutta 350 Rupien und drüber verdiente, hatt' ich, versteht sich, auch eine Frau. Die ist aber jetzt tot. Die Leute sagen, es wäre ihr Tod gewesen, wie ich mit dem schwarzen Rauch anfing. Vielleicht war's so, aber 's ist so lange her, daß nichts dran liegt. In der ersten Zeit, wie ich zum Thore ging, war ich manchmal traurig drum, aber das ist nun schon lange, lange vorbei und aus, und alle Monate ziehe ich immer wieder von frischem meine sechzig Rupien

---

[7] Eurasier, eig. Europa-Asier, d. h. Nachkomme eines Europäers und einer Orientalin oder eines Orientalen und einer Europäerin.

und bin dabei ganz selig, nicht rumselig, verstehst du, sondern immer ruhig und sorglos und zufrieden.

Wie ich dazu kam? Es fing an in Calcutta, wo ich es zu Hause probierte, nur um zu sehen, wie's ist. Ich habe niemals sehr viel genommen, aber ich denke, zu der Zeit muß meine Frau gestorben sein. Irgendwie hab' ich mich dann hierher gefunden und Fung-Tsching kennen gelernt. Wie das eigentlich kam, weiß ich nicht mehr; aber er erzählte mir vom Thor, und ich ging immer hin und sitze seitdem so oder so hier fest. Merk dir auch, das Thor war zu Fung-Tschings Zeit ein sehr anständiger Ort, wo man sich behaglich fühlen konnte, und keineswegs wie die *tschandu-khanas*, wo es von Schwarzen wimmelt. Nein, 's war ordentlich und ruhig und nicht so voll. Natürlich waren außer uns zehn und dem Alten noch mehr Leute da, aber wir hatten doch immer jeder seine Matte mit einem wattierten wollenen Kopfkissen, über und über mit schwarzen und roten Drachen und so was bedruckt, ganz wie der Sarg.

Hatte man seine dritte Pfeife hinter sich, so fingen die Drachen an, sich zu regen, und krochen aufeinander zu und kämpften miteinander. So manche, manche Nacht hindurch hab' ich ihnen zugesehen. Ich richtete mich mit meinem Rauch danach. Jetzt brauch' ich freilich zwölf Pfeifen, bis die Drachen in Bewegung kommen. Auch sind sie alle zerrissen und schmutzig wie die Matten, und der alte Fung-Tsching ist tot. Er ist vor 'n paar Jahren gestorben und hat mir noch die Pfeife gegeben, die ich jetzt immer benütze – eine silberne mit sonderbarem Tierzeug, das an dem Behälter unter dem Becher 'rauf- und 'runterkriecht. Vorher brauchte ich, glaub' ich, ein großes Bambusrohr mit 'nem ganz kleinen Kupferbecher und 'nem Mundstück aus Nephrit. Das Rohr war dicker wie 'n Spazierstock und rauchte sich süß – ach, so süß. Der Bambus, scheint's, sog den Rauch auf. Silber thut's nicht, und so muß ich's hin und wieder rein machen: das ist 'ne schwere Arbeit, aber wegen des Alten rauch' ich doch draus. Er hat seinen Schnitt bei mir gemacht, aber er hat mir auch immer reine Matten und Kissen gegeben und den allerbesten Stoff.

Wie er starb, übernahm sein Neffe das Geschäft und nannte es »Tempel der drei Gaben«, aber bei uns Alten heißt es doch immer noch »Hundert Sorgen«. Der Neffe betreibt das Geschäft sehr schäbig. Und die *memsahib* mein' ich, hilft ihm dabei. Sie hält's mit ihm wie vorher mit dem Alten. Die beiden lassen gemeines Volk, Schwarze und alles, herein, und auch der schwarze Rauch ist nicht mehr, was er gewesen ist. Immer und immer wieder hab' ich in meiner Pfeife gebrannte Kleie gefunden. Den Alten hätt's umgebracht, wenn so was in seiner Zeit passiert wäre. Auch das Zimmer niemals rein und alle Matten zerrissen und zerfetzt. Der Sarg ist fort – wieder nach China zurück mit dem Alten drin und zwei Unzen Rauch, wenn er unterwegs was brauchen sollte.

Dem Götzen wird nicht mehr so viel Räucherholz unter der Nase verbrannt wie früher, das bedeutet Unheil, so sicher wie der Tod. Auch ist er ganz braun, und niemand sorgt für ihn. Ich weiß schon, daran ist die *memsahib* schuld, denn wenn Tsin-ling vergoldetes Papier vor ihm verbrennen wollte, sagte sie, 's wäre Geldverschwendung, und wenn er ganz langsam 'n Stück Holz glimmen ließe, würde der Götze keinen Unterschied merken. So werden nun die Hölzer mit 'nem Haufen Leim bestrichen, da brennen sie 'ne halbe Stunde länger, stinken aber schrecklich. So laßt doch das Zimmer riechen, wie es soll. Auf *die* Weise kann kein Geschäft gedeih'n. Dem Götzen gefällt das Ding auch nicht. Ich seh's wohl. Spät in der Nacht kriegt er manchmal sonderbare Farben – Blau und Grün und Rot – ganz wie früher, wie der alte Fung-Tsching noch lebte, und dann rollt er seine Augen und stampft mit den Füßen wie 'n Teufel.

Ich weiß nicht, warum ich nicht weg bleibe und in Ruhe an einem eignen kleinen Platz im Bazar rauche. Sehr wahrscheinlich würde mich Tsin-ling umbringen, wenn ich fortginge – er zieht ja jetzt meine sechzig Rupien – und dann macht mir's zu viel Mühe, auch ist mir nun mal das Thor der liebste Platz geworden. Es sieht freilich nicht mehr nach viel aus, nicht mehr so wie in der Zeit des Alten, aber von ihm mich trennen könnt' ich nicht. Ich hab' so viele kommen und gehen sehen. Und ich hab' so viele hier auf den Matten sterben sehen, daß ich mich davor fürchte, nun im Freien zu sterben. Ich habe manches gesehen, was den Leuten wunderbar genug vorkommen würde, aber wenn man beim schwarzen Rauch ist, ist nichts wunderbar wie der schwarze Rauch selbst. Und wär's auch wunderbar, so verschlägt's nichts.

Fung-Tsching war sehr eigen mit seinen Kunden und brachte keinen 'rein, der Skandal machte. Aber sein Neffe fragt wenig danach. Überall schreit er aus, er hielte ein feines Haus. Er kann die Leute nicht anständig 'reinbringen und es ihnen behaglich machen, wie's Fung-Tsching machte. Drum wird auch das Thor was mehr bekannt wie früher. Natürlich unter den Schwarzen. Der Neffe wagt gar nicht, einen Weißen oder dafür wenigstens eine Mischhaut herzubringen. Uns drei, mich und die *memsahib* und den andern Eurasier, muß er natürlich hier lassen. Wir gehören zum Lokal. Aber er würde uns nicht für 'ne Pfeife Kredit geben – nicht um alles in der Welt.

Nächster Tage, hoff' ich, werd' ich im Thore sterben. Der Perser und der Mann aus Madras sind jetzt furchtbar zittrig. Sie müssen 'nen Jungen haben, der ihnen die Pfeifen anzündet. Ich thue das immer selber. So werd' ich sie wohl vor mir 'naustragen sehen. Ich denke nicht, daß ich die *memsahib* oder Tsin-ling überleben werde. Frauen halten beim schwarzen Rauch länger aus wie Männer, und Tsin-ling hat 'nen Tropfen vom Blute des Alten in sich, obgleich er schlechten Stoff raucht. Die Händlerin wußte zwei Tage vor ihrem Tode, daß sie dran glauben mußte; sie ist doch auf einer saubern Matte mit einem hübschen Wattekissen gestorben, und der Alte hat ihre Pfeife grade über dem Hausgötzen aufgehängt. Ich denke, er hat sie immer gern gehabt. Aber ihr Ohrgehänge hat er doch genommen.

Ich wünschte, ich könnte sterben wie die Händlerin – auf einer reinen kühlen Matte und mit einer Pfeife voll von gutem Stoff zwischen den Lippen, Wenn ich fühle, 's ist aus mit mir, werd' ich Tsinling sagen, er soll mir beides geben, und er kann dann meine sechzig Rupien den Monat immer wieder von frischem ziehen, solange er will. Dann werd' ich daliegen, ruhig und behaglich, und zusehen, wie die schwarzen und roten Drachen ihre letzte große Schlacht schlagen, und dann...

Doch was kümmert's mich. Mich kümmert eigentlich gar nichts mehr – nur wünscht' ich, Tsin-ling thäte keine Kleie in meinen schwarzen Rauch.

In Soddhus Hause

Nur einen Steinwurf hier wie dort
Gehn vom gebot'nen Pfad wir fort,
Und eine wilde, sond're Welt
Auf einmal uns umfangen hält.
Werwolf und andre bösen Geister,
Sie werden nächtens mit uns sein,
Denn in das Land geht's jäh hinein,
Wo nur die finstern Mächte Meister.

Vom Düsterland ins Dämmerland.

Soddhus Haus unweit des Talsali-Thores ist zweistöckig, hat vier
Fenster, deren Rahmen aus braunem Holze geschnitzt sind, und ein
flaches Dach. Man erkennt es an den fünf roten Handabdrücken,
die auf der getünchten Wand zwischen den beiden obern Fenstern
zu sehen sind. Der Geldverleiher Bhagwan Das und ein Mann, der
angeblich sein Brot als Stempelschneider verdient, wohnen im unte-
ren Stocke mit einer ganzen Schar von Weibern, Dienern, Freunden
und Klienten. Die beiden oberen Räume bewohnten damals Dschanu und Asisun sowie ein kleiner schwarzgelber Dachshund, den ein
Soldat aus dem Hause eines Engländers gestohlen und Dschanu
geschenkt hatte. Jetzt lebt Dschanu allein in den oberen Zimmern.
Soddhu pflegt auf dem Dache sein Nachtlager zu halten, wenn er
nicht etwa auf der Straße schläft. Bei kaltem Wetter ging er wohl
nach Peschawer zum Besuche seines Sohnes, der dort beim
Edwardsthore Kuriositäten feil hält, und dann fand er seine Nacht-
ruhe unter einem wirklichen Lehmdache. Soddhu ist ein guter
Freund von mir, weil ich einmal durch meine Empfehlung dem
Sohne seines Vetters die Stelle eines ersten Laufburschen bei einer
großen Firma der Station verschafft habe. Soddhu sagt, Gott wird
mich bald zu dem Posten eines Gouverneurs erheben. Ich behaupte
kühn, daß seine Prophezeiung in Erfüllung gehen wird. Er ist schon
sehr, sehr alt mit seinem weißen Haar und seinem fast zahnlosen
Munde; auch seine geistigen Fähigkeiten sind ihm verloren gegangen wie fast alles außer der Neigung zu seinem Sohne in Peschawer. Dschanu und Asisun stammen aus Kaschmir und erfreuen sich

einer ausgebreiteten Stadtbekanntschaft, doch hat Asisun seitdem einen Studenten der Medizin aus dem Nordwesten geheiratet und führt irgendwo in der Umgegend von Bareilly ein höchst anständiges Leben. Bhagwan Das ist ein Erpresser und Fälscher und sehr reich. Der Mann, der anscheinend vom Stempelschneiden lebt, trägt große Armut zur Schau. Damit sind die vier Hauptbewohner von Soddhus Hause so viel wie nötig gekennzeichnet. Außerdem bin ich natürlich noch da, aber ich bin nur der Chor, der am Ende auftritt, um Erläuterungen zu geben. So zähle ich nicht mit.

Soddhu war nicht übermäßig klug. Während Bhagwan Das nur zu lügen verstand, war der angebliche Stempelschneider der schlaueste von allen außer Dschanu, die außerdem schön war; doch das ist ihre Privatsache.

Soddhus Sohn in Peschawer erkrankte an Lungenentzündung, was den Alten äußerst beunruhigte. Der Stempelschneider hörte von Soddhus Bekümmernis und schlug daraus Kapital. Da er völlig auf der Höhe der Zeit stand, veranlaßte er einen Bekannten in Peschawer, ihm täglich telegraphisch über den Gesundheitszustand des Sohnes zu berichten. Und hier setzt unsere Geschichte ein.

Eines Abends teilte mir der Sohn von Soddhus Vetter mit, der Alte wünsche mich zu sprechen, und da er zu alt und schwach sei, mich aufzusuchen, so würde ich Soddhus Hause eine unvergängliche Ehre erweisen, wenn ich zu ihm käme. Ich folgte der Aufforderung, aber ich denke, Soddhu hätte bei den guten Verhältnissen, in denen er sich damals, wie ich bald sah, befand, etwas Besseres als die fürchterlich stoßende *ekka*[8] schicken können, um den künftigen Gouverneur in dem schmutzigen Aprilwetter zur Stadt zu befördern. Die *ekka* lief nichts weniger als schnell, und erst bei voller Dunkelheit machten wir nahe dem Hauptthore des Forts Halt. Hier wartete Soddhu und sagte, ich würde als Lohn für meine Herablassung sicher noch mit schwarzen Haaren Gouverneur werden. Dann sprachen wir eine Viertelstunde unter freiem Himmel vom Wetter, von meinem Befinden, von der Weizenernte und anderem.

Schließlich kam er auf die Hauptsache. Er sagte, Dschanu habe ihm mitgeteilt, daß die Regierung das Zaubern verboten habe, aus Furcht, die Kaiserin von Indien werde eines Tages durch Zauberwerk umkommen. Ich wußte ganz und gar nicht, was das Gesetz in dieser Beziehung vorschrieb, aber ich dachte mir, daß etwas Interessantes in Aussicht stehe. Ich sagte daher, die Regierung sei so weit entfernt, gegen das Zaubern einzuschreiten, daß sie seine Anwendung sogar warm empfehle. Die höchsten Staatsbeamten übten es selbst aus – ich meine in der That, wenn der Finanzminister in seiner Staatshaushaltsrechnung keine Zauberei treibt, so wird nirgends auf der Welt gezaubert. Um ihn noch mehr zu bestärken, fuhr ich fort, wenn irgend ein Zauber im Spiele sei, so würde ich gern meine Billigung dazu geben und darauf sehen, daß es reiner Zau-

---

[8] Ein altertümlicher karrenartiger Wagen von einem Ochsen oder Pferde gezogen.

ber, weiße Magie, sei und nicht unreiner Zauber, der den Tod bringe. Es dauerte geraume Zeit, bis Soddhu eingestand, gerade zu diesem Zwecke habe er mich bitten lassen.

Hierauf erzählte er mir mit Zittern und Zagen, der vorgebliche Stempelschneider sei ein Zauberer vom reinsten Wasser, er habe ihm täglich schneller als der Blitz Nachrichten von seinem kranken Sohne in Peschawer gegeben, Nachrichten, die sich regelmäßig durch briefliche Mitteilungen bestätigt hätten. Weiter habe er Soddhu wissen lassen, seinen Sohn bedrohe eine große Gefahr, die nur durch reinen Zauber und natürlich nicht ohne schweres Geld gebrochen werden könne. Mir wurde sofort klar, wohin der Schütze zielte, und ich erklärte Soddhu, ich verstände auch etwas von Zauberei von der occidentalischen Art, und würde gern in sein Haus kommen, um darauf zu achten, daß alles ordentlich und gebührlich vor sich gehe. Wir brachen zusammen auf, und unterwegs erzählte mir Soddhu, er habe dem Stempelschneider schon ein- bis zweihundert Rupien bezahlt, und der heutige Zauber würde noch weitere zweihundert kosten, was, wie er sagte, bei der Größe der seinen Sohn bedrohenden Gefahr nicht zu viel wäre; doch glaube ich nicht, daß dies seiner wahren Herzensmeinung entsprach.

Bei unserer Ankunft sahen wir, daß die Lichter vor dem Hause sämtlich verhüllt waren, und aus der Wohnung des Stempelschneiders vernahm ich ein grauenhaftes Geräusch, als ob jemand seine Seele ausseufzte. Soddhu zitterte am ganzen Leibe und sagte nur, während wir die Treppe hinauftappten, der Zauber habe begonnen. Dschanu und Afisun empfingen uns am Kopfe der Treppe mit der Nachricht, das Zauberwerk werde in ihren Zimmern vor sich gehen, weil da mehr Raum sei. Dschanu ist freidenkerisch angelegt. Sie bemerkte leise, der Zauber sei nur ein Mittel, Geld aus Soddhu herauszulocken, und der Stempelschneider werde sich einmal wegen seiner Thaten zu verantworten haben. Soddhu war vor Furcht und Schwäche nahe am Weinen. Er ging beständig bei dem Dämmerlicht, das im Zimmer herrschte, auf und ab, indem er fast unaufhörlich seines Sohnes Namen aussprach; dann fragte er wieder einmal Asisun, ob der Stempelschneider es nicht für seinen Hauswirt etwas billiger machen sollte. Dschanu zog mich hinüber in den dunklen Schatten eines geschnitzten Fensterbogens. Da die beiden

Zimmer nur von einer dürftigen Öllampe Licht erhielten, so konnte ich, wenn ich mich still verhielt, nicht wohl bemerkt werden. Jetzt hörte das Stöhnen unten auf, und wir vernahmen Schritte auf der Treppe. Es war der Stempelschneider. Als er vor der Thüre stand, schlug der Dachshund an, und eine Stimme hieß Soddhu die Lampe ausblasen. Nun war der Raum in völlige Dunkelheit gehüllt, die nur der rote Schein der beiden Dschanu und Afisun gehörenden Hukas[9] ein klein wenig milderte. Der Stempelschneider trat herein, und ich hörte, wie sich Soddhu ächzend auf den Boden warf. Afisun hielt ihren Atem an, und Dschanu lehnte sich schaudernd auf eines der Betten zurück. Man vernahm einen leisen metallischen Klang, und dann schoß eine fahle blaugrüne Flamme nicht weit über dem Boden auf. Bei ihrem schwachen Lichte bemerkte man Afisun, die mit dem Dachshund zwischen ihren Knieen in eine Ecke gedrückt saß, Dschanu, wie sie mit verschlungenen Händen von ihrem Bette vorwärts starrte, den bebenden, das Gesicht zu Boden senkenden Soddhu und den Stempelschneider.

---

[9] Die bekannten im Orient gebrauchten Wasserpfeifen

Ich hoffe, ich bekomme nie wieder einen Mann wie diesen Stempelschneider zu sehen. Er war bis zur Hüfte nackt, hatte einen weißen Jasminkranz von der Dicke meines Handgelenks auf der Stirn, um die Mitte des Leibes ein falmfarbenes Lendentuch und an jedem Knöchel einen Stahlring. Das war nicht weiter schrecklich, wohl aber ließ mich das Gesicht des Mannes erstarren.

Erstens sah es blaugrau aus, dann waren die Augen zurückgerollt, daß man nur noch ihr Weißes sehen konnte, und drittens war es ein teuflisches, gespenstisches Gesicht, das in nichts an den schläfrigen, öligen, alten Schuft erinnerte, der tagsüber auf seiner Drehbank saß. Er lag auf dem Leibe da und hielt die Arme kreuzweise nach hinten gestreckt, als wäre er durch einen Dolchstoß niedergeworfen. Nur sein Kopf und Hals hoben sich vom Boden und standen vom Körper fast im rechten Winkel ab, wie der Kopf einer zum Sprunge bereiten Cobra. Es war gräßlich. Mitten im Zimmer stand aus dem bloßen Lehmboden ein großes tiefes Messingbecken, in dessen Mitte das fahle, blaugrüne Licht wie ein Nachtlicht flackerte. Um das Becken herum schlängelte sich der Mann dreimal. Wie er es fertig brachte, kann ich nicht sagen. Ich konnte sehen, wie sich seine Muskeln am Rückgrat zusammenzogen und dann wieder ebneten, aber sonst vermochte ich nicht die geringste Bewegung wahrzunehmen. Von jener Anspannung und Streckung der Rückenmuskeln abgesehen, schien der Kopf das einzige Lebendige an ihm zu sein. Dschanus Atem flog in beängstigender Weise, Afisun bedeckte sich die Augen mit den Händen, und dem alten Soddhu, der an den Schmutzklümpchen in seinem Barte fingerte, liefen die hellen Thränen aus den Augen. Das Entsetzlichste dabei war, daß das am Boden kriechende, schlängelnde Wesen nicht das geringste Geräusch machte – nur kroch. Und dies dauerte volle zehn Minuten, während der Hund immerfort winselte, Afisun schauderte, Dschanu nach Atem rang und Soddhu weinte.

Ich fühlte, daß sich mir die Haare auf dem Wirbel sträubten, und mein Herz zuckte wie ein galvanisierter Frosch. Glücklicherweise verriet sich der Stempelschneider selbst durch seinen eindrucksvollsten Kunstgriff und gab mir damit meine Ruhe wieder. Nachdem er nämlich die unsagbare Umschlängelung dreimal ausgeführt hatte, streckte er seinen Kopf so weit wie möglich vom Boden ab und spie einen Feuerstrom aus seinen Nüstern. Nun war mir bekannt, wie das Feuerspeien gemacht wird – ich kann es selbst – und ich fühlte mich erlöst. Das Ganze war offenbar ein Betrug. Hätte der Mann sich mit dem Kriechen begnügt und nicht noch die Wirkung zu steigern gesucht, wer weiß, was ich schließlich gedacht hätte. Die Mädchen kreischten beide auf, als sie den Feuerstrom sahen. Hierauf schlug der Kopf mit dem Kinn hörbar auf den Boden, und der ganze Körper lag mit ausgestreckten Armen wie ein Leichnam da.

Jetzt kam eine mindestens fünf Minuten lange Pause, und die blaugrüne Flamme erstarb. Dschanu bückte sich, einen ihrer Fußringe zurechtzuschieben, während sich Afisun der Mauer zuwandte und den Dachshund in ihre Arme nahm. Soddhu streckte unwillkürlich seinen Arm nach Dschanus Huka aus, und sie schob sie mit dem Fuß über den Boden hin. Gerade über dem Körper hingen an der Wand ein paar feurige in Stempelpapier eingerahmte Bildnisse der englischen Königin und des Prinzen von Wales. Sie schauten nieder auf das Schauspiel und steigerten nach meinem Gefühle das Sonderbare der Scene bis zum Gipfel.

Als das Schweigen unerträglich zu werden drohte, wandte sich der Körper herum und rollte von dem Becken fort der Zimmerwand zu, wo er auf dem Rücken liegen blieb. Von dem Becken erklang ein leises Hup – gerade wie wenn ein Fisch nach einer Fliege schnappt – und das grüne Licht flackerte von neuem auf.

Ich sah nach dem Becken hin und erblickte im Wasser schwebend den eingefallenen, runzligen schwarzen Kopf eines kleinen indischen Kindes mit offenen Augen, offenem Munde und glattgeschorenem Schädel. Das war wegen der großen Plötzlichkeit noch schlimmer als vorher das Kriechen. Noch ehe wir Zeit hatten, einen Ton von uns zu geben, begann der Kopf zu sprechen. Auch wer Poes Schilderung der Summe des galvanisierten Sterbenden gelesen hat, kann sich kaum zur Hälfte das Entsetzen vorstellen, das der sprechende Kopf verursachte.

Mit Pausen von einer oder zwei Sekunden kam jedes Wort heraus, und im Klange der Stimme lag etwas Metallisches, wie bei einer tönenden Schelle. Mehrere Minuten syllabierte die Erscheinung langsam, wie im Selbstgespräche, vor sich hin, ehe ich mich des kalten Schweißes erwehren konnte. Dann ging mir, dem Himmel sei Dank, ein befreiender Gedanke auf. Ich schaute auf den neben der Thür liegenden Körper und sah, gerade an der Stelle, wo der Hals mit einer flachen Einsenkung in die Schulter übergeht, beständig einen Muskel zucken, der mit dem gewöhnlichen Atmen eines Menschen nichts zu thun hat. Es handelte sich also um ein Schauspiel nach Art der egyptischen Teraphim, von denen man manchmal liest, und die Stimme war ein Erzeugnis meisterhafter Bauchredekunst. Währenddessen bewegte der Kopf beständig die Lippen und fuhr fort zu sprechen. Er erzählte dem wimmernden Soddhu von der Krankheit seines Sohnes und berichtete genau über dessen Zustand bis zu diesem selben Abend. Ich kann dem Stempelschneider meine Achtung nicht versagen dafür, daß er sich so gewissenhaft an die Zeit seiner Depeschen von Peschawer hielt. Weiter verkündete der Kopf, daß geschickte Ärzte Tag und Nacht über dem Leben des Kranken wachten, und daß er genesen würde, wenn dem mächtigen Zauberer, in dessen Diensten der Kopf in dem Becken stehe, der doppelte Lohn zu teil würde.

Das war vom künstlerischen Gesichtspunkt ein Fehler. Die Verdoppelung des bedungenen Lohnes mit einer Stimme zu fordern, die vielleicht einem vom Tode auferstehenden Lazarus hätte angehören können, ist abgeschmackt. Auch die mit wahrhaft männlichem Scharfsinn ausgestattete Dschanu begriff dies ebenso schnell wie ich. Ich hörte sie mit leiser Stimme zornerfüllt sagen: » *Asli nahin! Fareib!*«[10]

Zu gleicher Zeit erstarb das Licht im Becken, der Kopf hörte auf zu sprechen, und wir hörten die Thür in ihren Angeln knarren. Hierauf zündete Dschanu mit einem Streichholz die Lampe an, und wir sahen, daß Kopf, Becken und Stempelschneider fort waren. Soddhu rang die Hände und versicherte jedem, der es anhören wollte, er fei außer stande, noch einmal zweihundert Rupien aufzubringen, und wenn seine ewige Seligkeit davon abhinge. Afisun war in ihrer Ecke den Krämpfen nahe, während Dschanu gefaßt auf einem der Betten saß und die Möglichkeit erörterte, daß das Ganze nur künstlich gemacht sei.

Ich erklärte, soviel ich davon verstand, die Art der Zauberei des Stempelschneiders; aber Dschanus Beweisführung war viel einfacher.

---

[10] Glaub' nicht! Betrug!

Die Magie, die immer Gaben heischt, ist keine wahre Magie, sagte sie. Meine Mutter sagte mir, daß die einzigen wirksamen Liebeszauber die unentgeltlich gegebenen sind. Dieser Stempelschneider ist ein Lügner und Teufel. Ich kann nichts sagen und nichts thun, weil ich dem Geldverleiher Bhagwan Das als Pfand für meine Schuld zwei goldene Ringe und einen gediegenen Fußring gelassen habe. Ich muß meine Kost von ihm nehmen. Der Stempelschneider ist ein Freund von Bhagwan Das, und er würde mein Essen vergiften. Ein falscher Zauber ist zehn Tage lang ausgeübt worden und hat Soddhu jeden Abend viele Rupien gekostet. Bisher hat der Stempelschneider nur schwarze Hennen und Limonen und Zaubersprüche verwendet. Dergleichen wie heute nacht hat er uns noch niemals zu sehen gegeben. Asisun ist eine Thörin und wird bald eine purdanashin[11] sein. Soddhu ist schwach und kindisch geworden. Nun sieh! Ich hatte gehofft, von dem Alten, solange er lebte, so manche Rupie zu ziehen und noch viel mehr nach seinem Tode; und schau, er verschwendet alles an diesen Bastard eines Teufels und einer Eselin, den Stempelschneider!

Hierauf sagte ich: Was veranlaßte aber Soddhu, mich herbeizuziehen? Selbstverständlich könnte ich mit dem Stempelschneider ein paar Wörtchen reden und ihn nötigen, mit dem Golde wieder herauszurücken. Das Ganze ist ein kindisches Treiben – schändlich und sinnlos.

Soddhu ist ein altes Kind, erwiderte Dschanu. Er hat siebzig Jahre lang auf den Dächern gelebt und hat nicht mehr Verstand als eine Ziege. Er hat Sie hergebracht, um sicher zu sein, daß er kein Gesetz übertrete. Er vergöttert den Staub an den Füßen des Stempelschneiders, und dieser Würger hat ihm untersagt, jetzt zu seinem Sohne zu reisen. Was weiß Soddhu von euren Gesetzen oder von der Blitzpost? Ich muß zusehen, wie sein Geld Tag für Tag an den betrügerischen Schuft da unten geht.

Dschanu stampfte mit ihrem Fuße auf den Boden und weinte fast vor Ärger, während Soddhu in der Ecke, mit einem Tuche sich zu-

---

[11] Eine, die – als verheiratete Frau – hinter dem purda, sitzt, d. h. hinter einem Vorhang oder einem von schräglaufenden Latten so hergerichteten Verschlage, daß die dahinter befindliche Ehefrau wohl alles sehen, selbst aber nicht gesehen werden kann.

deckend, wimmerte, und Asisun sich mühte, das Pfeifenrohr in seinen thörichten alten Mund zu stecken.

*

Nun liegt die Sache folgendermaßen. Unbedachtsamerweise habe ich mich der Anklage auf Mithilfe und Begünstigung des Stempelschneiders bei der Erlangung von Geld durch Vorspiegelung falscher Thatsachen ausgesetzt, ein Vergehen, das nach Abschnitt 420 des indischen Strafgesetzbuches strafbar ist. Aus folgenden Gründen bin ich dabei ganz hilflos. Die Polizei kann ich nicht benachrichtigen. Denn wen wollte ich als Zeugen für meine Behauptungen aufstellen? Dschanu weigert sich unbedingt, und Afisun ist irgendwo in der Gegend von Bareilly verheiratet, verloren in diesem ungeheuren Indien. Auch wage ich nicht, das Gesetz selbst in die Hand zu nehmen und mit dem Stempelschneider zu reden, denn es unterliegt für mich keinem Zweifel, daß nicht nur Soddhu mir doch nicht glauben würde, sondern daß mein Schritt schließlich die Vergiftung Dschanus, die durch ihre Schuld dem Pfandleiher an Händen und Füßen gebunden überliefert ist, zur Folge haben würde. Soddhu ist ein alter Narr, und so oft wir uns treffen, wiederholt er murmelnd meinen dummen Spaß, die Regierung begünstige eher die schwarze Kunst als daß sie sie verbiete. Sein Sohn ist jetzt gesund, aber der Alte steht völlig unter dem Einflüsse des Stempelschneiders, durch dessen Einflüsterungen er sich in allem, was er unternimmt, leiten läßt. Dschanu muß täglich zusehen, wie das Geld, das sie Soddhu abzunehmen gedachte, dem Stempelschneider zufließt, und ihre Wut und ihr Verdruß steigern sich von Tag zu Tag.

Reden wird sie nie, weil sie es nicht wagt, aber ich fürchte, tritt kein Zwischenfall ein, so wird der Stempelschneider so etwa um die Mitte des Mai an Cholera sterben, an der weißen Arsenik-Cholera. Und so werde ich der Mitschuldige oder doch Mitwisser sein an einem Morde in Soddhus Hause.

Die Geschichte von Muhamad Din.

Wer ist ein glücklicher Mann? Der daheim
im eignen Hanse kleine Kinder mit Staub be-
deckt
sieh!, wie sie hüpfen und fallen und schreien.

Munichandra.

Der Poloball war alt, voll von Rissen, Flecken und Beulen. Er lag
auf dem Kammsims zwischen den Pfeifenrohren, die Imam Din,
mein Zimmerdiener, für mich reinigte.

Braucht der Himmelssohn diesen Ball? sagte Din ehrerbietigst.

Der Himmelssohn legte keinen besonderen Wert darauf; aber was
wollte ein Zimmerreiniger mit einem Poloball?

Mit Eurer Ehren Erlaubnis, ich habe einen kleinen Sohn. Er hat
diesen Ball gesehen und wünscht damit zu spielen. Ich brauche ihn
nicht für mich.

Niemand hätte auch nur einen Augenblick den würdevollen alten
Imam Din im Verdacht gehabt, er wolle mit Polobällen spielen. Er
trug das zerschlagene Ding hinaus in die Veranda, und von dort
wurde auch bald ein freudiges Gequieke, Trampeln kleiner Füße
und das sud–sud–sud des über den Boden rollenden Balles hörbar.
Offenbar hatte der Kleine draußen gewartet, um den Schatz gleich
in Empfang zu nehmen. Aber wie war er dazu gekommen, den Ball
zu sehen?

Als ich am nächsten Tag eine halbe Stunde früher als gewöhnlich
vom Amt heimkam, bemerkte ich im Speisezimmer eine kleine
Gestalt – eine winzige groteske Gestalt in einem lächerlich kurzen
Hemdchen, das etwa halbwegs den kugeligen Leib deckte. Das
kleine Geschöpf ging mit dem Daumen im Munde umher und
murmelte vor sich hin, während es meine Bilder in Augenschein
nahm. Zweifellos war dies »der kleine Sohn«.

Er hatte natürlich in meinem Zimmer nichts zu suchen; was er
aber dort zu sehen bekam, fesselte ihn so sehr, daß er von meinem

Erscheinen im Thorwege nicht das geringste bemerkt hatte. Als ich in das Zimmer trat, war er so entsetzt, daß er fast in Krämpfe fiel. Mit einem schweren Seufzer setzte er sich jählings auf den Fußboden, seine Augen erweiterten sich, und ebenso that sich sein Mund übermäßig auf. Ich wußte, was nun sofort kommen würde, und rettete mich, verfolgt von einem langgezogenen trockenen Geheule, das auf die Dienerschaft eine viel schnellere Wirkung ausübte, als es je meine befehlende Stimme vermocht hatte. Darauf wurde ein verzweifeltes Schluchzen laut, und als ich wieder eintrat, traf ich Imam Din, wie er den kleinen Sünder, der fast sein gesamtes Hemd als Taschentuch benutzte, nachdrücklich ermahnte.

Dieser Knabe, sagte Imam Din im feierlichen Tone eines Richters, ist ein großer Spitzbube. Er wird ohne Zweifel wegen seiner Aufführung bei Wasser und Brot sitzen müssen. Es folgte erneutes Aufschreien des Schuldigen und eine auserlesene Entschuldigungsrede Imam Dins an meine Person.

Sage dem Kinde, sprach ich, daß der Sahib ihm nicht zürnt, und nimm ihn fort. Imam Din teilte meine Verzeihung dem Verbrecher mit, der inzwischen sein ganzes Hemd wie einen Strick um seinen Hals gedreht hatte, worauf das Heulen in stoßweises Seufzen überging. Sein Name, fügte Imam Din, als ob der Name ein Teil seines Vergehens wäre, ist Muhammad Din, und er ist ein Spitzbube. In dem sicheren Gefühl, der Gefahr glücklich entgangen zu sein, wandte sich Muhammad Din in den Armen seines Vaters herum und sagte mit Würde: Es ist wahr, ich heiße Muhammad Din, Tahib, aber ich bin kein Spitzbube, ich bin ein Mensch.

Seit diesem Tage war meine Bekanntschaft mit Muhammad Din gemacht. In mein Speisezimmer kam er nie wieder, aber auf dem neutralen Boden des Hofes und Gartens grüßten wir uns mit aller Feierlichkeit, obschon sich unsere Unterhaltung auf »Talaam, Tahib« von seiner und »Salaam, Sahib« von meiner Seite beschränkte. Jeden Tag, wenn ich vom Amte heimkam, sah ich das kleine weiße Hemd und den fetten kleinen Körper aus dem Schatten des lianenumschlungenen Geländers, wo sie verborgen geruht hatten, auftauchen, und regelmäßig zügelte ich hier mein Pferd, damit mein Gruß nicht übertönt oder ungebührlich geboten werde.

Gespielen hatte Muhammad Din niemals. Einsam vergnügte er sich auf meinem Grundstück innerhalb wie außerhalb der Rhabarbersträucher mit geheimnisvollen Unternehmungen. Eines Tages stieß ich zufälligerweise auf einige Erzeugnisse seiner Handfertigkeit. Er hatte den Poloball halb im Sande vergraben und sechs alte verwelkte Ringelblumen im Kreise herumgesteckt. Um diesen Kreis waren abwechselnd Stücke roter Ziegelsteine und zerbrochenen Porzellans gelegt, und das Ganze umschloß ein Sandwall. Der das Brunnenrad drehende Diener legte eine Fürbitte für den kleinen Baumeister ein, indem er sagte, es sei nur ein Kinderspiel und würde meinen Garten nicht sehr verunzieren.

Der Himmel weiß, daß es mir fern lag, damals oder später an das Spielwerk des Kindes zu rühren. Aber als ich an jenem Abende durch den Garten schlenderte, geriet ich unversehens mitten hinein und brachte durch meine Tritte, noch ehe ich es merkte, Ringelblüten, Sandmauer und Bruchstücke eines zerbrochenen Seifennäpfchens so heillos durcheinander, daß jede Hoffnung auf Wiederherstellung aussichtslos erschien. Am nächsten Morgen fand ich Muhammad Din, wie er über der von mir angerichteten Zerstörung leise vor sich hin weinte. Es hatte ihm jemand grausamerweise gesagt, der Sahib wäre sehr zornig auf ihn gewesen, weil er ihm seinen Garten ruiniert hätte, er habe das alte Zeug durcheinandergeworfen und dabei arg geschimpft. Eine Stunde lang mühte sich Muhammad Din, jede Spur von dem Sandwall und den Scherben sorgfältig zu vertilgen, und mit weinerlichem, reuevollem Gesicht sprach er diesmal, als ich vom Amte heimkam, sein Talaam, Tahib. Eine schleunige Erkundigung hatte zur Folge, daß Imam Din Muhammad Din mitteilte, er habe infolge meiner besonderen Gnade die Erlaubnis, sich in dieser Weise ganz nach Belieben zu belustigen. Da wuchs dem Kinde der Mut, und es begann, den Grundriß zu einem Gebäude zu entwerfen, das noch die Ringelblumen-Poloball-Schöpfung überstrahlen sollte.

Ein paar Monate lang konnte der dickköpfige kleine Sonderling in seiner bescheidenen Welt unter den Rhabarbersträuchern und im Sande nach Herzenslust sich ergehen im Entwerfen immer neuer Schlösser aus welken, weggeworfenen Blumen, glattgespülten Kieseln und aus Federn, die, denke ich mir, meine Hühner hatten lassen müssen – immer allein und immer vor sich hinmurmelnd.

Eines Tages fiel unweit einer der letzten feiner kleinen Bauten eine buntgesteckte Seemuschel zu Boden, und ich sah voraus, daß Muhammad Din mit Hilfe dieses Juwels etwas außergewöhnlich Glanzvolles erbauen würde. Und meine Erwartung täuschte mich nicht. Länger als eine halbe Stunde versank er in Nachsinnen, und sein Murmeln erhob sich zu lautem Jubel. Dann fing er an, im Sande Linien zu ziehen. Es wäre diesmal sicher ein Wunderschloß geworden, denn es war im Grundriß zwei Schritte lang und einen Schritt breit. Aber der Palast wurde niemals vollendet.

Am nächsten Tage war kein Muhammad Din am Reitweg, und kein Talaam, Tahib bewillkommnete mich bei meiner Heimkehr. Ich hatte mich an den Gruß so gewöhnt, daß mich sein Ausbleiben beunruhigte. Am folgenden Tage teilte mir Imam Din mit, das Kind liege im leichten Fieber und müsse Chinin haben. Er erhielt das Heilmittel und einen englischen Arzt dazu.

Es kann nichts aushalten, das einheimische Kleinzeug, sagte der Arzt, als er Imam Dins Wohnung verließ.

Eine Woche später hatte ich einen Anblick, für dessen Abwendung ich gern große Opfer gebracht hatte; ich begegnete nämlich auf dem Wege zum muhammedanischen Begräbnisplatz Imam Din, der von einem Freunde begleitet war und in seinen Armen in ein weißes Tuch gehüllt trug, was von dem kleinen Muhammad Din sterblich war.

Lispeth.

Wollt ihr auch bei Liebe Tempel schließen
Was für Götter stellet ihr mir her?
Drei in einem, einen in den drei'n?
Will mich lieber *meinen* Göttern weih'n!
Kalt ist Christus, wirr die Dreiheitslehr'.
Meine Götter lassen froh genießen.

Die Bekehrte.

Sie war die Tochter Sonus, eines Bergbewohners, und seines Weibes Jadéh. Als ihnen einmal der Mais mißriet und nachts zwei Bären
in ihrem Mohnfelde hausten, das gerade über dem Sulejthal auf der
Seite von Kotgarh lag, wandten sie sich dem Christentum zu und
brachten ihr Kind zur Mission, um es taufen zu lassen. Der Kaplan
in Kotgarh taufte es auf den Namen Elisabeth, im Pahari, der Spra-
che der Bergbewohner,»Lispeth« gesprochen.

Später kam die Cholera in das Thal von Kotgarh und raffte Sonu
und Jadéh dahin, worauf Lispeth von der Frau des damaligen Kaplans in Kotgarh halb als Dienerin, halb als Gesellschafterin aufgenommen wurde. Es war dies nach der Herrschaft der mährischen
Missionare, aber als Kotgarh immer noch von seinem Ruhme als
»Herrin des nördlichen Berglandes« zehrte.

Ob das Christentum Lispeth besser machte oder ob die Götter ihres Volkes sie vielleicht ebensogut hätten gedeihen lassen, kann ich
nicht sagen, doch sie wuchs in voller Lieblichkeit heran. Wenn aber
eine indische Bergmaid lieblich erblüht, so lohnt sich's wohl, um
ihres Anblicks willen fünfzehn Meilen weit über unwegsames Land
zu wandern. Lispeth hatte ein griechisches Gesicht – eins von denen, die man so oft gemalt und so selten in Wirklichkeit zu sehen
bekommt. Ihre Hautfarbe war matt, elfenbeinartig und ihre Gestalt
für ihre Rasse sehr schlank. Auch besaß sie wunderbare Augen, und
wäre sie nicht in den abscheulichen bedruckten Kattun, wie ihn die
Missionen verwenden, gekleidet gewesen, man hätte sie bei plötzli-
cher Begegnung am Berghang für das Urbild der Diana halten können, wie sie dahin schreitet dem Weidwerk obzuliegen.

Lispeth gab sich der christlichen Lehre willig hin und ließ sie auch nicht, als sie Jungfrau geworden war, im Stich, wie wohl die Bergmädchen thun. Ihre Stammesgenossen haßten sie, weil sie, wie sie sagten, eine *memsahib* geworden wäre und sich täglich wüsche; und die Kaplansfrau wußte nicht recht, was sie mit ihr anfangen sollte. Es macht sich schlecht, eine stattliche fast sechs Fuß hohe Gottheit Teller und Schüsseln reinigen zu lassen. So spielte sie mit den Kindern des Kaplans, übernahm Klassen in der Sonntagsschule, las alle Bücher im Hause und wurde dabei immer schöner und schöner, wie eine Märchenprinzessin. Die Kaplansfrau sagte, sie sollte in Simla als Kindermädchen oder sonst etwas »Besseres« Stellung nehmen. Aber Lispeth wollte nicht in Dienst gehen, sie fühlte sich in ihrem jetzigen Zustande sehr glücklich.

Wenn Reisende nach Kotgarh kamen – wie es in jenen Jahren noch nicht oft geschah –, pflegte sich Lispeth in ihrem Zimmer einzuschließen, aus Furcht, man möchte sie mit nach Simla nehmen oder sonstwohin in die unbekannte Welt.

Als Lispeth ein paar Monate über siebzehn Jahre alt war, machte sie eines Tages einen Ausgang. Ihre Ausgänge waren freilich anders als bei den englischen Damen, die keine halbe Meile weit gehen und dann zurückfahren; sie legte vielmehr alles in allem bei ihren Wanderungen zwischen Kotgarh und Narkunda ihre vier bis sechs Meilen zurück. Diesmal kehrte sie erst wieder, als es schon ganz dunkel war, und kam den halsbrecherischen Abstieg nach Kotgarh mit etwas Schwerem in den Armen herunter. Die Kaplansfrau saß halb schlummernd im Empfangszimmer, als Lispeth, schwer atmend und ganz erschöpft, mit ihrer Bürde ankam. Lispeth legte diese auf das Sofa und sagte einfach:

Das ist mein Mann. Ich fand ihn auf der Straße nach Bagi. Er hat sich verletzt. Wir wollen ihn pflegen, und wenn er wieder auf ist, soll Ihr Mann mich mit ihm verheiraten.

Das war das erste Mal, daß Lispeth ihre Ansichten über die Ehe äußerte, und, die Missionarsfrau schauderte davor entsetzt zurück. Jedoch vor allem galt es dem Mann auf dem Sofa zu helfen. Es war ein junger Engländer, dessen Kopf offenbar von etwas Zackigem bis auf den Knochen verletzt war. Lispeth sagte, sie habe ihn unten am Abhang gefunden und so mitgebracht. Sein Atem ging unregelmäßig, und er war ohne Bewußtsein.

Er wurde zu Bett gebracht und von dem Missionar, der einige ärztliche Kenntnisse besaß, gepflegt, während Lispeth vor der Thür wartete, ob sie sich nicht nützlich machen könnte. Sie erklärte auch dem Kaplan, es sei ihr Mann, den sie heiraten wolle, worauf ihre Pflegeeltern ihr schwere Vorwürfe über ihre unziemliche Aufführung machten. Lispeth hörte sie ruhig an und wiederholte dann ihre erste Erklärung. Es gehört schon ein tiefes Erfassen der christlichen Lehre dazu, um solche fest eingepflanzten orientalischen Neigungen, wie das schrankenlose Eingeständnis der Liebe beim ersten Erblicken des Geliebten, auszutilgen. Lispeth konnte nicht einsehen, warum sie nun, da sie den Mann, den sie anbetete, gefunden hatte, ihre Wahl nicht offen bekennen sollte. Auch war sie nicht gewillt, sich fortschicken zu lassen. Sie wollte den Engländer pflegen, bis er gesund genug wäre, sie zu heiraten. Das war ihr unabänderlicher Vorsatz.

Nachdem Fieber und Wundentzündung zwei Wochen gedauert hatten, genas der Engländer und dankte dem Missionar und seiner Frau und Lispeth – insbesondere Lispeth – für ihre Freundlichkeit. Er war ein Orientreisender, wie er sagte – von Weltbummlern verlautete in jener Zeit noch nichts – und war von Dehra Dun gekommen, um Pflanzen und Schmetterlinge im Berglande von Simla zu suchen. In Simla wußte daher auch kein Mensch etwas von ihm. Nach seiner Erzählung war er bei dem Versuch, einen Farn von einem morschen Baumstumpf zu holen, den steilen Abhang hinuntergefallen, worauf die Kulis sein Gepäck gestohlen und sich davon gemacht hatten. Er beabsichtigte, wenn er sich etwas mehr erholt hätte, nach Simla zurückzukehren; das Bergsteigen war ihm verleidet.

Er hatte gar keine Eile, aufzubrechen, als er allmählich wieder zu Kräften kam. Da Lispeth weder vom Kaplan noch von seiner Frau

Rat annehmen wollte, so sprach die letztere mit dem Engländer und klärte ihn offen über Lispeths Herzenszustand auf. Er lachte viel darüber und sagte, das wäre sehr reizend und romantisch, ein echtes Himalayaidyll; aber da er eine Braut in England hätte, so werde wohl nichts daraus werden. Jedenfalls werde er nicht unehrenhaft verfahren. Demgemäß handelte er auch.

Immerhin hatte es einen eigenen Reiz für ihn, während seine Genesung weitere Fortschritte machte, mit Lispeth sich zu unterhalten und mit Lispeth zu lustwandeln und ihr Angenehmes zu sagen und ihr Schmeichelnamen beizulegen. Für ihn hatte das weiter nichts zu bedeuten, für sie aber alles in der Welt. Während zweier Wochen war sie überglücklich, denn sie hatte den Mann ihrer Liebe gefunden.

Ihrer Herkunft von einer wilden Völkerschaft entsprechend, gab sie sich keine Mühe, ihre Gefühle zu verbergen, und der Engländer hatte seine Freude daran. Als er Kotgarh verließ, begleitete sie ihn, höchst beunruhigt und im jämmerlichsten Gemützustände hinauf bis nach Narkunda. Nun hatte die Kaplansflau, eine gute Christin und Feindin jedes aufsehenerregenden Skandals, die jetzt weniger als je imstande war, Lispeth zu beeinflussen, dem Engländer geraten, er solle ihr sagen, daß er wiederkommen und sie heiraten werde. Sie ist nur ein Kind, wissen Sie, und ich fürchte, im Herzen eine Heidin, sagte sie. So hörte der Engländer, seinen Arm um Lispeths Büste schlingend, während des zwei bis drei Meilen langen Weges nicht auf, immer und immer wieder dem Mädchen zu versichern, er werde wiederkommen und sie heiraten, und Lispeth war nicht müde, ihn sein Versprechen immer von neuem wiederholen zu lassen. Auf dem Höhenrücken von Narkunda blieb sie zurück und schaute ihm weinend nach, bis er auf dem Wege nach Muttiani ihren Augen entschwunden war.

Dann trocknete sie ihre Thränen, ging nach Kotgarh zurück und sagte zur Kaplansfrau: Er wird wiederkommen und mich heiraten. Er ist nur zu seinen Verwandten gegangen, es ihnen mitzuteilen. Und die Kaplansfrau streichelte Lispeth und sagte: Er wird wiederkommen.

Als zwei Monate verstrichen waren, wurde Lispeth ungeduldig, und man sagte ihr, der Engländer sei übers Meer nach England gegangen. Sie wußte aus ihrem Unterricht in der Erdkunde, wo England lag, aber vom Meere hatte sie als Tochter des Gebirges natürlich keine Vorstellung. Sie holte eine alte zusammensetzbare Weltkarte, mit der sie als Kind gespielt hatte und die irgendwo verstaubt im Winkel lag, wieder vor und suchte sich, mit Thränen in den Augen, vorzustellen, wo *er* sich eben befinde. Da sie von der

Entfernung oder von Dampfboten und dergleichen keine Idee hatte, waren ihre Begriffe sehr verkehrt. Aber es hätte nichts ausgemacht, auch wenn sie ganz zutreffend gewesen wären, denn der Engländer hatte keineswegs die Absicht, zurückkehren und ein indisches Bergmädchen zu freien. Er vergaß sie völlig, während er in Assam Schmetterlingen nachjagte. Später schrieb er ein Buch über Indien, in dem nicht einmal Lispeths Name vorkam.

Als drei Monate vergangen waren, pilgerte Lispeth täglich nach Narkunda, um zu sehen, ob ihr Engländer nicht des Weges käme. Sie tröstete sich damit ein wenig, und die Kaplansfrau dachte, da sie ihr zufriedener vorkam, sie würde ihre »barbarische und höchst unziemliche Tollheit« überwinden. Nach kurzer Zeit schöpfte aber Lispeth auch aus ihren Wanderungen keinen Trost mehr und wurde reizbar und unangenehm. Nun, dachte die Kaplansfrau, sei die Zeit gekommen, sie über den wirklichen Stand der Dinge aufzuklären: daß der Engländer nur, um sie zu beruhigen, von seiner Liebe zu ihr gesprochen, daß er es niemals ernstlich gemeint habe, und daß es von Lispeth »unrecht und unschicklich« sei, an die Heirat mit einem Engländer zu denken, der weit über ihr stehe und zudem mit einem ihm ebenbürtigen Mädchen seines eigenen Volkes verlobt sei. Lispeth erwiderte, das sei ganz unmöglich, denn er habe ihr gesagt, er liebe sie, und die Kaplansfrau habe mit ihrem eigenen Munde versichert, der Engländer werde wiederkommen.

Wie kann das, was er und Sie gesagt haben, unwahr sein? fragte Lispeth.

Wir haben es nur gesagt, um dich zu beruhigen, Kind, antwortete die Frau.

Dann habt ihr mich also belogen? sagte Lispeth, Sie und er?

Die Kaplansfrau neigte ihr Haupt und sagte nichts. Auch Lispeth schwieg eine kurze Weile; dann ging sie fort ins Thal hinunter und kehrte in der Tracht eines eingeborenen Bergmädchens zurück, schmutzig und zerfetzt, aber ohne Ohren- und Nasenringe. Ihr Haar hatte sie nach Art der Bergweiber in einen langen, mit schwarzem Garn durchflochtenen Zopf gewunden.

Ich gehe zu meinem Volke zurück, sagte sie. Ihr habt Lispeth getötet. Es lebt nur noch die Tochter der alten Jadéh – Tochter eines

Pahari und Magd von Tarka Devi. Ihr seid alle Lügner, ihr Engländer.

Bis die Kaplansfrau sich von dem Schrecken darüber, daß Lispeth wieder zu den Götzen ihrer Mutter abgefallen sei, erholt hatte, war das Mädchen schon fort, um nie wieder zurückzukommen.

In wildem Eifer befolgte sie ganz die Sitten ihres unsaubern Volkes, als wollte sie die Lebenszeit, die sie außerhalb zugebracht hatte, wettmachen. Bald ward sie das Weib eines Holzhauers, der sie nach Art der Pahari schlug, und ihre Schönheit welkte bald dahin.

Die Rückfälligkeit der Heiden spottet jeder Berechnung, erklärte die Kaplansfrau, und ich glaube, Lispeth war in ihrem Herzen immer eine Ungläubige.

In Anbetracht, daß das Mädchen im reifen Alter von fünf Wochen in den Schoß der englischen Kirche aufgenommen war, gereichte jene Aeußerung der Kaplansfrau nicht eben zur Ehre.

Lispeth starb in sehr hohem Alter. Sie blieb des Englischen immer völlig mächtig, und wenn sie betrunken genug war, ließ sie sich manchmal bewegen, die Geschichte ihrer ersten Liebe zu erzählen.

Dann konnte man sich schwer vorstellen, daß das triefäugige, runzlige, einem Bündel verkohlter Lumpen ähnelnde Weib je die »Lispeth von der Kotgarh Mission« gewesen wäre.

Über tredition

Eigenes Buch veröffentlichen

tredition wurde 2006 in Hamburg gegründet und hat seither mehrere tausend Buchtitel veröffentlicht. Autoren veröffentlichen in wenigen leichten Schritten gedruckte Bücher, e-Books und audio-Books. tredition hat das Ziel, die beste und fairste Veröffentlichungsmöglichkeit für Autoren zu bieten.

tredition wurde mit der Erkenntnis gegründet, dass nur etwa jedes 200. bei Verlagen eingereichte Manuskript veröffentlicht wird. Dabei hat jedes Buch seinen Markt, also seine Leser. tredition sorgt dafür, dass für jedes Buch die Leserschaft auch erreicht wird.

Im einzigartigen Literatur-Netzwerk von tredition bieten zahlreiche Literatur-Partner (das sind Lektoren, Übersetzer, Hörbuchsprecher und Illustratoren) ihre Dienstleistung an, um Manuskripte zu verbessern oder die Vielfalt zu erhöhen. Autoren vereinbaren direkt mit den Literatur-Partnern die Konditionen ihrer Zusammenarbeit und partizipieren gemeinsam am Erfolg des Buches.

Das gesamte Verlagsprogramm von tredition ist bei allen stationären Buchhandlungen und Online-Buchhändlern wie z. B. Amazon erhältlich. e-Books stehen bei den führenden Online-Portalen (z. B. iBookstore von Apple oder Kindle von Amazon) zum Verkauf.

Einfach leicht ein Buch veröffentlichen: **www.tredition.de**

Eigene Buchreihe oder eigenen Verlag gründen

Seit 2009 bietet tredition sein Verlagskonzept auch als sogenanntes "White-Label" an. Das bedeutet, dass andere Unternehmen, Institutionen und Personen risikofrei und unkompliziert selbst zum Herausgeber von Büchern und Buchreihen unter eigener Marke werden können. tredition übernimmt dabei das komplette Herstellungs- und Distributionsrisiko.

Zahlreiche Zeitschriften-, Zeitungs- und Buchverlage, Universitäten, Forschungseinrichtungen u.v.m. nutzen diese Dienstleistung von tredition, um unter eigener Marke ohne Risiko Bücher zu verlegen.

Alle Informationen im Internet: **www.tredition.de/fuer-verlage**

tredition wurde mit mehreren Innovationspreisen ausgezeichnet, u. a. mit dem Webfuture Award und dem Innovationspreis der Buch Digitale.

tredition ist Mitglied im Börsenverein des Deutschen Buchhandels.

Dieses Werk elektronisch lesen

Dieses Werk ist Teil der Gutenberg-DE Edition DVD. Diese enthält das komplette Archiv des Projekt Gutenberg-DE. Die DVD ist im Internet erhältlich auf **http://gutenbergshop.abc.de**

FSC® C083411

Zeitfracht Medien GmbH
Ferdinand-Jühlke-Straße 7
99095 Erfurt, Deutschland
produktsicherheit@kolibri360.de